어찌 재가 되고 싶지 않았으리

어찌 재가 되고 싶지 않았으리

—

초판 1쇄 2023년 12월 1일
지은이 한상호
펴낸이 김영재
펴낸곳 책만드는집

—

주소 서울 마포구 양화로3길 99, 4층 (04022)
전화 3142-1585 · 6
팩스 336-8908
전자우편 chaekjip@naver.com
출판등록 1994년 1월 13일 제10-927호
ⓒ 한상호, 2023

—

—

ISBN 978-89-7944-856-6 (04810)
ISBN 978-89-7944-354-7 (세트)

어제 그새가 되고 싶지 않았으리

한상호 시집

책만드는집

시월이 오면 _ 김미숙

걷다 보니 어느새
단풍숲 속 깊이 들어왔습니다.

붉은 기운 감돌지만
떨어지는 잎도 드문드문 눈에 띕니다.

체념諦念하지 못해
체념滯念이 된 것들을 써봅니다.

재가 되지 못한 불꽃이라 불러도
무방하겠습니다.

2023년 겨울 聽海軒에서
한상호

| 차례 |

5 • 시인의 말
11 • 서시

1부   매듭

15 • 거울
16 • 꽃병
17 • 사랑
18 • 사랑 · 4
19 • 까치밥
20 • 옮김에 대한 예의
21 • 탁란에 대한 예의
22 • 빈 곳에 대한 예의
23 • 매듭
24 • 널뛰기
25 • 기특한 나무들
26 • 사막
27 • 마스크를 쓰며
28 • 손 씻기 유감
29 • 별자리
30 • 바람꽃
31 • 결빙
32 • 훈향
33 • 실낙원
34 • 포클레인에게
35 • 이태원 골목에서
36 • 해삼

2부　워낭

39 • 건칠불
40 • 룸비니 옹기부처
41 • 심불
42 • 워낭
43 • 승속
44 • 선연선과
45 • 기도
46 • 하루살이
47 • 탑
48 • 진
49 • 치
50 • 복장
51 • 홍등가
52 • 월정사에서
53 • 만월산 명주사에서
54 • 수일식법
55 • 등선
56 • 진전사지 부도탑을 돌며
58 • 길

3부 가을 향기

61 • 목련 지다

62 • 봉선화

63 • 숯

64 • 지난 여름

65 • 여진

66 • 가을 향기

67 • 늙은 호박

68 • 낙화주를 마시며

69 • 방사통 내력

70 • 육십령 굽잇길

71 • 만우절

72 • 치롱

73 • 내시경 전야

74 • 버킷 리스트 No. 10

76 • 암산

77 • 어떤 환승

78 • 해로

79 • 일장몽

80 • 한개목에서

81 • 피에타

82 • 벼룩이자리꽃

83 • 눈은 내리고

4부　시화

87 • 춘설

88 • 매복치

89 • 상사화에게

90 • 하얀 손수건

91 • 가을 연서

92 • 설중매

93 • 와인 알러지

94 • 로즈메리

95 • 계절풍

96 • 발아

98 • 파도 · 11

99 • 파도 · 12

100 • 백신

101 • 아라홍련

102 • 질량 불변의 법칙

103 • 해님

104 • 커플링

105 • 시화

106 • 화양연화

107 • 서평 _ 김미옥

109 • 시작노트

가을 하늘엔

마알간 구름조차

다

흠이 됩니다

1부

매듭

거울

눈빛 참 맑다

나를
닦으니

네가
곱구나

꽃병

잘리고 꺾인 이 몸

말없이 담아

환히

꽃 피게 하는

사랑

눈
나린다

소리 없이
녹는 눈

땅이
젖는다

사랑 · 4

향 그윽한 나무

수피가 두껍다

까치밥

제 몸 흔들어
새를 부르는

눈밭 가장자리
붉은 겨울꽃

먹혀야
비로소 사는

옮김에 대한 예의

자그마한 화분에 담겨
선물로 온 꽃을
옮겨 심는다

넉넉하게 구덩이를 파
물 흠뻑 준 다음
분홍물싸리나무를 지구에 앉히고

보실보실 흙을 펴
여태 살아온 어둠 속 실뿌리
얽힌 그 이야기들을 묻어준다

아, 꽃 한 송이 옮긴다는 건
그 뿌리까지
품으로 데려오는 일임을

탁란托卵에 대한 예의
－아홉 살짜리를 여행가방에 가두어 죽인 의붓에미에게

열흘 남짓 품었던
그 정 하나로

뱁새는 오늘도
애벌레를 물린다

아기 뻐꾸기 붉은 입 속에

빈 곳에 대한 예의

이앙기로 모를 내다보면
반듯하지 못한 논 구석지엔
듬성듬성 이가 빠집니다

벼 포기 들어차면
거저 메워질 만한
쌀 몇 톨 더 안 나올 틈새이지만

세상 한켠에 뚫려 있는
숭숭한 바람구멍
못 본 척 눈감는 것만 같아

손 써레질로
빈 곳 어루만져 가며
한 포기 한 포기 모짓기를 합니다

매듭

홀쳐매지 마라
다시 풀기 어려우니

해결이란
묶인 것을 푸는 일

화해란
풀리고 녹아 물로 흐르는 일

분노한 손으로는
매듭짓지 마라

잘 풀려야
잘 묶은 매듭이니

널뛰기

높아지려면
높게 띄워주어야 하고

높게 날아오르려면
그가 온 힘으로 내리찧는 힘을
가볍게 받아들일 줄 알아야 한다

그가 무거워야
내가 더
높게 나는 법

오래오래 널뛰려면
널판을 다잡아주어야 한다

그가 편히 착지해야
내가 다시 올라간다

기특한 나무들

하바설산* 중턱

메마른 급경사에
붙어사는 나무들

가지의 높이보다
뿌리의 깊이에
잎의 크기보다
그 두께에
마음 쓰며 산다는데

* 히말라야산맥 동쪽 끝단, 중국의 만년설산.

사막

눈물을 잊은

마스크를 쓰며
- 코비드 19

비로소 알았습니다

화의 근원이
입이라는 것을

구취는
저 자신만 모른다는 것을

손 씻기 유감
－코비드 19

물 너무 맑으면
고기 모이지 않는다기에

건성건성 씻은 손으로

이 손도 저 손도
덥석덥석 잡았다

별자리

같은 곳을 보다
가족이 된
저 눈빛들 좀 봐

광년의 거리 두고 살아도
놓지 않는
저 손들 좀 봐

바람꽃

변산바람꽃 흔들리면
나도바람꽃 따라 흔들린다

거기에만 부는 바람은 없다

부는 바람은 불고

껴안아야 한다, 우리

결빙

얼어
뜨겁다

추울수록
떨어지지 않는 것들

훈향熏香

잠시라도,

감쌀 수 있었다니

스몄다니

실낙원

몇 번 헛디딘 사람 돌다리

머리에 꽃 달고

울음 대신
웃고 있다

포클레인에게

물길은

물이 내는 거야

이태원 골목에서

금을 그어야 한다

오른쪽은 내가 가고
반대쪽은 그가 올 수 있도록
노랗게 분리선을 그어야 한다

좁을수록 급할수록
우리들 마음에
실선實線 한 줄 띄워야 한다

밀지도, 밀리지도 않을 교행交行을 위해

해삼

밑바닥을 기다 포식자를 만나면
항문으로 제 창자를 꺼내
먹이로 바치지만

주둥이를 물어뜯기면
입을 재생해 내고

토막이 나면
토막 난 만큼 해삼을 만든다

무색투명 물속에 살아도
홍조를 먹으면 붉은 삼
녹조를 먹으면 푸른 삼이 된다

2부
워낭

건칠불乾漆佛

낙산사 관음보살은
종이에 칠을 입힌
속이 빈 앉은뱅이 불상이라

무겁지도
크지도 않아

2005년 원통보전이 불바다가 되었을 때
한 스님 등 위에
사뿐, 업힐 수 있었다지요

룸비니* 옹기부처

도로 물에 풀릴까
그늘에 몸을 말려

잿물 한 겹 엷게 입고

불가마 속으로
훅, 드셨다지요

* 네팔 남부 석가모니 탄생지.

심불心佛

잎 다 떨군 보리수에
피어난 연꽃

연못 없는
절집

가지마다
환한 연등

워낭

부리망 속 거품 물고
쟁기 끄는
소 한 마리

평생,

멍에 목에
범종 달고 사는구나

승속僧俗

보타전 옆 양지 언덕
졸고 있는
복수초

문어 내장 삶아 파는
언 입김
과수 보살

선연선과善緣善果
− 산사山史 김재홍*을 추모하며

첫 만남 책 선물에
선연선과라 적으셨다

글 배우던 삼 년여
그 말을 더듬었다

꿀 따려면
벌통 놓기 전
꽃 먼저 심으라는 뜻이었다

글 한 줄 얻으려면 먼저
하늘과 땅
사람을 우러르라 그 말씀이었다

* 1947~2023. 문학평론가. 경희대 교수 역임.

기도

짧아질수록

영험해지는

하루살이

동안거 하안거
물속 삼 년을 일러
유충이라 하더니

바랑 하나 걸머지지 않은
허공 만행 단 사흘을
성충이라 부르는구나

퇴화한 입,
먹지도 않고
말없이 죽으니

팔십 넘도록 길 찾던 한 화상
미물인 나를 불러
아득한 성자*라 하네

* 조오현 시인의 시 제목.

46

탐貪*

목불을 다비하고

사리를

찾네

* 욕심.

진瞋*

죽비는 어디 두고

가꾸목 내리찍는

아수라여, 아수라여

치癡*

분뇨 맛에

날개 달 생각 않고

해우소나 지키는

복장腹藏

비워라, 비워내라
방하착 설說하시네

뱃속 보화 가득한
어느 지장목불상

홍등가

법등 걸고

부처 파는

월정사에서

너는 거기에
나는 아직 여기에

앞 산마루 하나 넘지 못하는

외마디
풍경 소리

만월산 명주사*에서

먼 길 떠나기 전,

철새는
뼛속을

다시
비운다

* 강원도 양양군 어성전리에 있는 고려 사찰.

수일식법受一食法

비 맞으며 탁발하는 연잎을 보라

옥구슬이라도

그만큼!을 넘는 순간

가 차 없 이

수장하는

서슬 푸른 저 무인검無刀劍

등선登仙

닳고 닳아 묵직해진
벼락 맞은 백팔 염주
앉은뱅이 탁자 위에
덩그마니 앉아 있네

주지 화상 어디 갔나

바랑마저 팽개치고

진전사지 부도탑을 돌며

*

설악산 영봉靈峰
화채봉 가는 길목

신라 선사 도의
걸음 멈추다

생각 끊고 마음 이어
조근조근 돌계단 쌓았으리라

한 칸 한 칸 지은 산속 절집
무처불통無處不通 큰 바다를
꿈꾸었을 것이다

*
오오,
허물어져 세워진 큰 문자

묵을 진陳, 밭 전田, 절 사寺

묵정밭이 곧
절집인 것을

천경天經 그 만론萬論이 모두
바람에 이는 파도*인 것을

* 조오현 시인의 「파도」에서.

길

눈이 쌓인다

길이 끊긴다

다

길이다

3부

가을 향기

목련 지다

어허,
뜬계집

온 듯
가는

어허,
저 뜬계집

봉선화

너는
내 손톱 물들였다지만

그때,

온몸이 젖었다
나는

숯

어찌
재가 되고 싶지 않았으리

그때,

지난 여름

짙어야 절정이라 생각했는데

소나무 목 졸라
온 산 뒤덮는 칡넝쿨을 보니
저 검푸른 녹색
이젠
무섭다

그래,
독이란 것도
이길 수 있는 자만이
품을 수 있지

편!하다
순한 눈빛 이 초가을

여진餘震

이제는 호수가 된

그 바다

보신 적 있나요

가을 향기

몇 번 고개 돌렸을까
어떤 소릴 들었을까

이 향기 풍기려
들판 저 들국화는

늙은 호박

태풍에 움찔움찔
서리 몇 차례

손길 미처 주지 못해
저 혼자 컸다

바위 같은 껍질 속
꽉 들어찬 호박씨

늙지 않고 익는 게
어디 있으랴

애호박엔 없는
웅숭깊은 시편詩篇들

낙화주를 마시며

생각거니,

너 하나 있어

온 산하山河

그리

붉었다

방사통 내력

"절만 잘해도 굶지 않는다."
아버지가 그러셨다

남이 한 번 숙일 때 열 번을 숙였다
영업은 그리하는 거라 배웠다

보너스 사탕에 진급 마약에
허리란 본래 휘는 건 줄 알았다

허리에서 발바닥
일자로 쭈욱 뻗대는 통증

4번 5번 굽은 요추에 협착이 왔다
아버지도 그러셨다

육십령六十齡 굽잇길

쥔 것 없는
조막손
놓지도 못하는

천리 먼 길 같아도
조만치엔
종착

만우절萬愚節

속는 줄도 모른 채
늘 속으면서도

그냥 한번 웃자는 날
기를 기를 쓰네

치롱治聾

유아독존唯我獨尊을
유아독재唯我獨裁로 읽는 오독

데우지 않은 청주 한 잔이면
귀 밝아진다길래

먹어가는 가는귀 뚫어볼 요량으로
부럼 깨문 공복에
귀밝이술 석 잔 했네

묵은 귓밥 덕지지는 아집
치롱 헤롱~
예순여섯 번째
정월 대보름 아침

내시경 전야

내가 다 알 순 없지
나만 모를지도 모르지

남의 눈 빌어
들여다보려는 내 속

씻어내는
누런 속

뒤척이는
하룻밤

버킷 리스트 No. 10

아프리카 코끼리는요
이 빠지기 시작하는 환갑쯤 되면
먹는 걸 줄인대요

멀리 나다니기보다
저 사는 이 구석 저 구석을
찬찬히 살핀대요

그러다가 여든 가까이 살면요
제 집 앞 풀밭에 모로 누워
한 보름
풀도 물도 마다하고
낮달을 보다 별똥별을 보다
아주 잠에 든대요

아프리카에 사는 코끼리는요
야만이래요

콧줄도
숨대롱도
오줌줄도 모르는

암산

언제쯤
별이 될까

어떤 별로
뜰까

어떤 환승

타고 온 차
돌아가 버리고

언제 올지 모르는
그곳으로 가는 차

제 몸 아닌 이승에서
몸 벗은 저승으로

요양이라는 이름의
마지막 환승

해로

네가 저물면

왜
나도 물이 드는 것이냐
기우는 것이냐

너 하나 바위로
나 하나 물로
굽이진 계곡 구른 적 있으나
네가 있어 꽃 피었고

너로 인해
마침내
비가 오고 마누나

일장몽一場夢

춤을 추어라
그날의 춤을 추어라

구름 벗어나
달의 춤 추어라

흘러가는 강물 위로
떠가는 춤사위

이젠,
네 춤을 추려무나
보름엔 보름 노래에
그믐엔 또 그믐의 노래에

한개목*에서

저 모래 둔덕 넘어
그곳으로 가려 할 때

저녁 예불 낙산사 범종 소리에
파도 잠잠하기를

나를 키운 남대천
시를 짓게 한 저 낮달도

부디,
슬퍼 말기를

* 강원도 양양 남대천 하구.

피에타

알밤 놓지 못하는
저 밤송이

영글었대도

어미 눈엔
아직 풋밤인

벼룩이자리꽃

가을 폭우로 잔디가 패어
텃밭 흙 몇 삽 떠다 부어드렸더니

겨우내 하얗게
머리칼 세셨네

칠순 다 된 자식 걱정
거기서도 하시는지

봉분 위 벼룩이자리꽃
새하얗게 피었네

눈은 내리고
−박○○를 보내며

뒷걸음질 치는 너를 보며 알았다
마주 보고 있어도
멀어질 수 있음을

눈은 내리고

걸을수록 지워지는
이곳을 향한 네 발자국

이 밤,

눈
더
내리려나

4부

시화

춘설

어쩌랴,

몇 날 몇 밤 퍼붓는
너는
한바탕 봄꿈

그리고 나는

너를 덥석 안아버린
빈 들판인 것을

매복치埋伏齒

가슴에는 지금도

철없이

피는

꽃

상사화에게

무슨 죄라 부르리

잎
다
지니

피는 너를

하얀 손수건

손대보지 못한

손자국

가을 연서

시월에 벙근
한 송이 자목련

얼마나 늦은 걸까

붉은
저 편지는

설중매

들여놓지 못할

창밖

저리 붉은

그리움

와인 알러지

발효하는 것은 단맛을 잃고
신맛을 얻는다

사랑도 익는 것이라면
그 끝은 시어야 옳다

정지당한 발효
떫게 남은 달콤함

와인 몇 모금에
숨이 턱에 닿는 그런 날이 있다

로즈메리

나는

향기가 난다

네가,

스치기만 해도

계절풍

그리움처럼

바람도
고향 같은 게 있어

때가 되면
그곳으로 분다

발아

싹 잘 튼다기에
심기 전 이틀
서리태를 물에 불립니다

두 알씩 두 알씩 묻으며 생각해 보니
씨가 된 것들은 다
물기 먹으면 싹이 틉니다

황량해진 눈가가 젖어드는 것은
누군가를 생각하는 싹이
제 껍질을 찢는 일이었습니다

눈 뿌릴 즈음이면
아, 그 밤 그 겨울 백사장도
가만가만 싹터 오르겠습니다

씨가 된 것들은 물을 먹지 않아도

속으로 속으로 늘
싹을 키우고 있는지도 모를 일입니다

파도 · 11

사랑했다 말하지 마라

하루
사만 번

가루가 되어본 적 있는가

파도·12

이런 사람을 봤나

이울어버린 반쪽 달에

홀로,

평생을 철썩이는

백신

다시는,
앓지 못하네

너를
앓은 후

아라홍련*

그대에게 받은 선홍빛 꽃잎 연서
속적삼에 품고

열두 번의 육십 평생
윤회를 건너

이제야,
그대 앞에

다시 수줍습니다

* 700년 넘은 씨가 발아하여 피운 함안 연꽃.

질량 불변의 법칙

아내가 이틀 집을 비웠다

크지 않은 몸집
세월에
더 작아 보였는데

왜 이리 큰가

그 빈자리

해님

하늘에 태양이 있어
이 세상이 환한 줄 알았습니다

퇴행성 눈 수술을 마친 후
안대를 찬 아내가
궁예처럼 웃는데

눈빛을 못 본 그 하루
세상은 온통
어두컴컴했습니다

하늘에 있는 게 아니었습니다
태양이란 건

커플링

이제야,
이물감이 없네

마주 본 지
오십 년

시화詩畵

그림이 진하면
시가 죽는다고

쓰다 만 듯
짧은 내 시에

아내는
낮달 같은 그림을 입힙니다

화양연화花樣年華

꽃 같은 소녀에게
건넨 그 사랑

낯익은 한 할머니
가져가 버리네

뜨거운 결빙으로 느껴지는 시편들

김미옥 서평가

시인 한상호가 침묵의 결가부좌를 풀고 시를 쓴 것은 생의 후반기이다. 자신의 언어를 시간의 퇴적층에서 출토하기 시작한 것이다. 한 생애가 축적된 언어의 질량은 무게감이 다르다. 뜨거운 결빙으로 느껴지는 시편들. 생의 온도가 스며든 언어는 살아 있는 시가 된다. 생명을 가진 유기체는 외형의 단순성을 추구한다. 시가 짧은 이유다.

그의 시는 생명 존중에 대한 인식과 약자를 바라보는 따뜻한 눈빛을 지녔고, 세상의 부조리를 날카로운 시선으로 현상함에도 최소한의 언어를 쓴다. 함축하면서 시적 전달이 가능한 것은 그가 문장을 장악했기 때문이라 생각한다. 오랜 침묵은 세월의 가마에서 구워진 언어의 시간이었으리. 짧다고 그의 시가 어려운 것도 아니다.

"홀쳐매지 마라/ 다시 풀기 어려우니// 해결이란/ 묶인 것을 푸는 일/ 화해란/ 풀리고 녹아 물로 흐르는 일// 분노한 손으로는/ 매듭짓지 마라// 잘 풀려야/ 잘 묶은 매듭이니"(「매듭」 전문). 삶의 지혜가 뭉근히 녹아 흐르는 말을 툭 던진다. 살아보니 그렇다는 얘기다. 시인은 생의 비의도 그리고 저녁 무렵 산사의 풍경도 펼쳐놓는다. 시인이 가리키는 곳은 경쟁사회에서 우리가 잊고 있는 '인간에 대한 예의'다. 흔해서 귀해진 이 말이 이번 시집 『어찌 재가 되고 싶지 않았으리』에 유난히 각별하다.

시인의 시가 짧은 또 하나의 이유는 독자에 대한 신뢰다. 내가 그대를 믿듯 그대도 나를 믿어주기를……. 좋은 시는 진정성이 먼저 닿는다.

역지사지易地思之

논어가 가르치는 '己所不欲 勿施於人(기소불욕 물시어인: 네가 바라지 않는 일이라면 남에게도 하지 마라)'을 예의의 최소한이라 한다면 '네가 대접받고자 하는 대로 남을 대접하라'는 성경 구절은 적극적인 예의를 가르친 것이라 하겠습니다.

공자의 애제자인 자공이 "평생 지켜야 할 것 한 가지만 든다면 무엇이겠습니까"라고 여쭙니다. 공자는 '恕서'라고 답합니다. 흔히 서恕를 죄나 잘못을 덮어주는 용서容恕로 보는데 공자께서 말씀한 이 서恕는 용서보다 더 넓은 뜻으로 보입니다. 영국 선교사 제임스 레게는 논어 해설서에서 서를 Fairness(공정함)라 풀이하였고, 고려대학교에서 편찬한 중한사전은 서恕를

'자신의 마음으로 남의 마음을 헤아리는 것'이라고 설명합니다. 글자 구성으로 보아도 서恕는 서로의 마음心이 같아지는如 상태, 곧 역지사지易地思之가 가능한 마음 자세라 여겨집니다.

타인에 대하여 마땅히 지켜야 할 '나'의 마음가짐과 몸가짐을 예의라고 부르는데, 예의를 표하는 방식은 시대와 문화에 따라 다를 수 있겠지만 그 기본은 상대의 입장을 헤아리는 것이겠지요. 서로 다르기 때문에 상호간에 서恕가 필요하고, 한 몸처럼 가까운 사이일수록 지켜야 할 예의가 있지 않겠습니까.

성속聖俗

'으뜸 가르침'이라는 종교宗教는 성스러움이 본질이고, 주된 기능은 사람 사이에 선한 영향을 끼치는 것이라 합니다. 그런데 이렇게 갸륵한 종교를 요즘 사람들은 왠지 경원시하는 것 같습니다.

조병화 시인은 시 「해인사」에서 이렇게 이야기합니다. "큰 절이나/ 작은 절이나/ 믿음은 하나// 큰 집에 사나/ 작은 집에 사나/ 인간은 하나." 조병화 시인이 말한 '절'이 불교 사찰만을

지칭한다기보다는 예수 믿는 교회나 무슬림 사원 등 모든 종교를 아우르는 상징이라고 해도 무리가 없겠습니다. 그렇습니다, 믿음이 어찌 종교 시설의 크기로 결정되겠으며 인간 됨됨이 어찌 거소에 달려 있다고 하겠습니까.

한국 불교 선종을 중흥시킨 경허 스님은 世與靑山何者是(세여청산하자시) 春光無處不開花(춘광무처불개화)라는 오도송을 남겼습니다. 부처의 가르침은 꽃피우지 못할 곳이 없으니 세속이 옳은지 산속이 옳은지 따져 무엇 하겠느냐는 말씀인 것 같습니다. 저잣거리의 일과 산사山寺의 일이 다르지 않음을 말씀한 것인데 조병화 시인의 어투로 말하면 '절간이나 장터나 깨달음은 하나'라고 할 수 있겠습니다.

종교를 갖거나 그렇지 않거나 사람의 도리를 하고 사는 데는 별반 차이가 없다는 생각이지만, 세속에서 벗어나 수행을 업으로 정토淨土를 찾는 승려나 사제의 삶은 여전히 부럽습니다. 진토塵土에서 구르며 살아야 하는 장삼이사들은 "부처는 이 세상을 구원하러 오신 것이 아니라 이 세상이 원래 구원되어 있음을 알려주러 온 것이다"라고 하신 성철 스님의 말씀에 위안을 얻을 따름입니다.

유명幽明

　몇 년 전에 "이 멤버, 리멤버, 포에버"라는 건배사가 유행했습니다. '여기 있는 우리, 서로를 기억하며 영원히 삽시다' 정도로 해석되는데요. 그리되기가 불가능한 것을 뻔히 알면서도 목청 높여 떼창했던 웃픈 기억이 있습니다. 영원한 것이 어디 있겠습니까.

　한 죽마고우가 일 년 좀 넘게 병치레를 하더니 세상을 떴습니다. 죽기 직전까지 죽음을 인정하지 않던 친구라 오랫동안 이승 언저리를 맴도는 것 같았습니다. 죽음을 어떻게 받아들여야 하는지 그리고 나머지 삶을 어떻게 살아야 할지 생각이 많아집니다.

　오규원 시인의 「죽고 난 뒤의 팬티」라는 시를 보면, 화자는 교통사고를 계기로 차를 탈 때 속도가 좀 높아지기만 하면 자신이 입고 있는 팬티가 깨끗한지 어떤지를 확인하는 습성이 생겼다 합니다. "죽고 난 뒤의 팬티"가 지저분하다면 죽었지만 참 부끄러울 것 같다는 생각이 듭니다. "팬티가 깨끗한지 아닌지"는 평소 치부에 얼마나 신경을 썼는지에 따라 달라질 거라 생각하니 일상의 삶이 결코 만만치 않게 느껴집니다.

공자께서는 나이 칠십에 이르니 무슨 일을 해도 거리낄 게 없다고 하셨지만 범속한 저로서는 그저 그날그날의 발걸음을 조심할밖에요.

한 치 앞을 내다보지도 못하면서 천년만년 살 것처럼 아직도 순간적인 일에 매몰되곤 합니다. 기습적으로 당했다는 느낌을 갖지 않으려면 한밤중 도둑처럼 찾아올 죽음에 대하여 간간이 이미지 트레이닝이라도 해두어야겠습니다. 싸움에 당황하지 않고 대응할 수 있도록 평소에 훈련을 하는 의연한 군대처럼 말입니다.

부부夫婦

어떤 생화학자는 남녀 간의 사랑은 순전히 호르몬의 작용이라 주장합니다. 핑크빛 콩깍지가 씌어 열정이 분출되는 것은 도파민 때문이고, 신체적 접촉 충동이 뭉글뭉글 일어나는 것은 옥시토신이 작용하는 것이고, 엔도르핀과 세로토닌이 심리적 안정과 상대를 존중하는 마음을 만든다고 합니다.

호르몬의 장난이든, 정신적 심리적 작용이든 아니면 계산된 필요였든 많은 남녀가 부부의 연을 맺어 살아갑니다. 한 부모 밑에서 같은 이야기를 들으며 자라난 형제자매 간에도 불화하고

불목하는데 자라난 환경도 성질도 다른 남녀가 같은 이불을 덮고 수십 년을 함께 산다는 게 어찌 용이하겠으며 산다 한들 어찌 상대방이 한결같게 사랑스럽고 맘에 쏙 들기만 하겠습니까.

'사랑'과 대척되는 말은 '미움'이라기보다 '잊음'이라고 합니다. 잊힌다는 건 관심으로부터 멀어져 미움조차 받지 못하는 상태이지요. 사랑의 어원이 사량思量이라는 설에 납득이 갑니다. 생각할 사思에 헤아릴 량量, 누군가를 생각하고 헤아려준다는 의미의 '사량'이 애와 정을 포함하는 '사랑'으로 의미가 확대 변이된 게 아닌가 싶습니다. 사랑의 종류와 행태가 아무리 다양한 것 같아도 따져보면 모든 사랑은 상대에 대한 헤아림에서부터 시작되는 것 같습니다.

신달자 시인의 시「국물」에 나오는 화자는 국수 국물을 만들면서 재료들이 "뼈저린 대결"을 하는 듯 "몸 섞"는 듯 한 솥에서 펄펄 끓는 걸 보며 죽은 남편을 떠올립니다. 화자도 남편도 잘 달여진 국물을 좋아했지만 막상 자신들은 바다 것과 들판 것으로 겉돌았던 "겨우 섞어진 국물"이었다고 회상합니다. '사랑은 사람을 행복하게 만드는 기폭제인 동시에 불행을 부르는 원천'이라는 말은 맞는 것 같습니다.

114

어찌 부부가 한평생 꽃길만 걷겠습니까, 산다는 일이 꽃 피우는 것 같기만 하겠습니까. 질곡의 세월 속에 묻혔던 꽃 몇 송이를 찾아내어 간직하려는 마음을 화양연화花樣年華라 부르는 건 아닐는지요.